ことば２——僕自身の訓練のためのノート

山口一郎

A

話す理由

生まれ持った季節が来たらまた話そうと思います。靴の踵が減った頃にはまた話そうと思います。その時はきっと長袖が、涙で重く垂れ下がるけどそっとそれを脱がしては部屋の窓辺に干してください。

草の中

なぜか一人で泣く夜は心の隙間に花が咲きます。地を割り飛び出たふきのとう、山のかほりが鼻をつき、どうも涙が止まりません。自然の力を我が源とし、溢れ出した井戸水のように僕は止まることはないのです。

景色

ここから見える全ての事は、冬に咲く霜のようにシャキシャキし僕の枝から根の先まできちんと一直線に揃えてくれる。でも一歩踏み出し見た世界では、そろばん玉が弾けるごとく噛み合う心が、音もたてず静かに僕を支えてくれる事でしょう。

4

2002.5.4

扇子

せつなくせつなく見る海は、うねりも風も鉄砲で、背中ごし刺す水飛沫。一言僕に言ってくれたらそこまで苦労しなかったろうに。なぜなら僕は潮風を、仰ぐ扇子と同じなんだ。

再会

焼けた手の甲裏返し、まだまだ坂は登り調子。松の葉
道はチクチクと肌をつっつき松毬。
拾った夢を袖に入れ、辿り着いた頂上から見た山。

2002.5.7　　6

柿の木

僕が熟れた柿のように熟した心を持っていたなら、きっと何も迷わず君の耳元で、砂みたくサラサラな言葉達をささやいてあげれたのに、どうやら僕の青臭い胸の隙間には、寂しさがたくさん詰まっているらしい。

ヒラヒラ

葉っぱの上。そこに僕は陣どったんだ。固いコンクリ仕立ての冷たさじゃ、凍えて淋しくなるだけだから。そろそろ風が吹く季節、胸に羽ペン差し込んで、羽ばたく鳥と同じさ。

落葉

かなしさは心のどこにあるのかな。聞く声、ささやく音、僕は我慢の涙です。ざわつく空を流し目で、そっと振りかえる秋胡桃。

正義な漢

ちょっと大きめのジャケット着てみたら、それはそれで良いと思いました。正しい事と間違いな事の境目はきっと、季節の変わり目の様にとても難しいのだと考えます。だからって月は月であって僕は僕なのだから、決してその事実を知恵の輪みたくねじ曲げたくはないのです。

月の便り

枕を少し高くして寝たら、夢を見ました。雲をにごらす明るい月は寝ていた僕の寝息を聞いて、知ってか知らずか返事をしなかった僕を怒りませんでした。今夜暇ならこっちにおいで。明かりを消して待ってるからさ。

回る回る

疲れた体はいつものようにぐるぐるぐるぐる回るコマだ。どこかに置き忘れた微かな青春の欠片は、滞りなく若者に行き渡り、常に変化し多くの先陣者達に希望や落胆を振りまき歩く。何故だろう？　確かにあの頃は忘れないよう一つ一つの思い出を頭の隅に隠したはずだが、今になってみるとなんとも悲しいススキの穂のようだ。もう無くしてしまった青春は、垣根の外で憤りし、僕と手をつなぎ草木を踏み走る風に似た何かなのでしょう。

牧場人生

夜空に輝く星よりは月になりたい。飴色に光る稲穂に寝そべり、その日も仲間と働き疲れた体をアルコールと干し草に浸しては来年の心配事を話し合いたい。労働力は自然と共にありたい。無い物ねだりはしない。自給自足がいい。生きている事を噛みしめられる生活手段こそが僕の夢だ。

雫

漂うのは僕の心の憂鬱で、なぜ憂鬱なのかは、きっと屋根に寄りかかる大きなつららのせいでしょう。寒さは来年まで続くでしょうが、この渦巻く波は静まる事を学び、僕に声をかけてくれるはずなんだ。防波堤が的の波雫、今日も氷になってゆけ。

イマジネーション

春の僕はとても忙しい。息吹く草木のあとを追い、一季節前の傷痕を急いで急いで消すために走るのです。大きく跨ぐ木の幹に感謝し、わがままな朝顔の蔓にドキドキするのは、きっと今はまだ冬でそれを想像として生きている現実があるだけだからなのである。

考えたい

僕は賢くない。少し時間が足りないせいか、秋のつむじ風のようにタジタジする。ほんとなら長い時間をかけてゆっくり考えたい。きっと明日がきたら元の僕に戻ってしまうんだろうけど、あの夜の月に誓った事は本当に僕の気持ちなんだよ。だからごめんね。

春夏秋冬

寒くて肌がチクチクして、朝が憂鬱になるのは冬だからです。今更だけど雪が窓まで積もるのは冬だからです。僕は身勝手で、春が待ちどおしいのは冬、夏が待ちどおしいのは春、秋冬が待ちどおしいのは夏の終わりだったりします。風は季節とともに懐かしい記憶を運び、秋生まれの僕はなにげに思い出に負けた野良猫みたいなのだ。

月夜

月が欲しい。けど弱い僕には持て余すほど綺麗すぎるので、堅い栗の木を折って作った棒の先で削ってやろうと思います。夜空の紺によく映える黄色の月は、僕やたくさんの人々の欲望に火をつけ、それでいて知らんぷりします。だから益々夜は寂しくなり誰かに電話したくなるんだね。

行方

この長い坂道の行く先に、僕らが探していた人生の集大成があるとしても遠回りして汗をかいて、土筆のように凛と立ち悲しみを月に打ち明け真剣に歩いて行くのが一番良い。柔らかい新芽をもぎ取り生きていったって、頼りない本を最後まで読むのと同じだ。

コタンコロクル

真剣に笑ったり泣いたりしたい。そうすることができるのはもっと先かもしれませんが、様々な緑を奏でる自然の神々の恩恵を、ポロトの湖畔でかいま見た、飲み干したワインの瓶のような僕の心。

北の方角

日に焼けた肌は、ズル剥けの山肌のようだ。足を上げ手を振り歩く困難な社会への道は、弱い僕らの不安感を火山のように隆起させます。寂しい夜から少し歩いて振り返ると、悲しき北極星の笑い声が僕らの寝床を暖めてくれるとうれしいなぁ。

胡桃

ある人は未来を指さし僕に言いました。月があるか、ないか微妙な夜です。少しためらって白い息とともに吐き出された言葉に僕は頭を揺さぶられ、「この野郎！」と思いました。だけど仕方がないのです。秋の垂れた裸ん坊の胡桃の枝は頼りなく見える反面、地中深く根を張ってしまっているのだから。お願いだからどうか僕らに幸せを。

星一つ

今の僕は、音の出ないテレビと同じだ。急に消えてもわからない秋空の豆電球です。

ためらって決意して、そしてまたためらう。稲穂のように左右に揺れる頼りない心の持ち主は、僕だけだと思っていました。だけどみんな揺れてるんだね。竹槍はスッと伸びそれが羨ましくて泣いたけど、傾いた白樺の幹にだって今なら涙を流せるんだよ。絡まって大きな玉になった毛糸をほぐす僕の日常に、誰も笑ったりはしないはずだ。

善し悪し

駄目な僕の良いところ。駄目なのに良いところを探そうとするほど、僕は醜くありません。だけど川の石ころのように逆らったりせず、根づかぬ水草になろうとは思います。シャツの汚れも気にせず、去年と同じ思惑を保ち、時折降り出す霰のような雨に身震いし生きていけたら幸せです。賢くない僕の逃げる先は、決ってやさしいあの子の日溜りだ。

2004.5.4　24

信じる信じない

本当はそんなに気にしてなかったんだよ、あのこと。僕は自分の自信の無さにうんざりして、春の結晶を金づちで叩いて割ったんだ。どれだけネジを回したってどれだけ後ろ向きで歩いたって、時間の傷の渓谷に戻ったりはできないんだ。もっと深くイメージする。形や音、名前や存在ではなくもっと内なるもの。そこに気づいたらきっと上手に笑いあえるのに。もうそろそろ声があの子に届かなくなりそうだ。

駆け出し

足は惰性の沼の中。追いかけ廻した幼さに来る日も来る日も後悔で、生えぎわの小松菜みたく世界がとても小さく感じたのでした。ベルトをゆるめ覚悟を決めたらもう止まってはいけない。

2004.7.18

自然回帰

茶封筒の中身は後悔でいっぱい。自然に立ち向かう野花や、変化に順応する虫のようにいつしか僕らも、声をあげて大笑いしたいものだ。

27

2004.8.3

帰っておいで

普通にしていたら見えない事ばかりで、今を無駄にして生きざるをえない僕は焦ります。アンテナが針金のように頼りないせいで、素通りしていった数々の言葉達が僕の部屋へ夏風と一緒に帰ってきてくれたらいいのに。

秋服

半袖の続きはジャケットの風立ちぬです。歩く僕の後ろを誰が見ているのかどうしても気になって、少し勇んで土を蹴ったり肩を揺らして踵を鳴らしたりします。

それが駄目なんだ。

もっと自然に生きていけたらいいのにな。

安らぎ

何もしたくなくて、転がってヒジをついて、心の先に何かが止まるのを待ってるんだ。秋への変化が単純に思えるほど僕の日常は鬱屈しており、昨日君に言いかけたほんの僅かな本音さえ、今では熱で溶けたガラスのようです。誰か、どうか僕に安定を。

酷く短編であり途中。

その日、始めはやはりいつも通りでした。僕はカバンも持たず夏靴で、春の鯉みたく下ばかり見て歩いて行ったのです。錆びた公衆電話の陰湿な空気を流し目に、氷で緩く傾いた歩道を突っついて歩くのは、僕のいつも通りな日々のちょっとした一瞬でしかなかったのです。でも今日はこの後が違いました。いつもなら通り過ぎるマネキンのような暗い人の目を、サッと見てはまた下を向き、また誰かが来るとサッと目を盗み見してはその人物の経緯をわがままに想像して遊んだりしていたのですが、今日は最初に出会ったある人物の目のせいで、何もかも変わっていったのです。

2005.4.26　31

月路

くねくねした道を下っていきますと、月があの山へ隠れてしまうので、僕は早くこの山を下りてしまって次の山へ登ろうと思うのです。忘れてしまいそうな思い出や、引いたり満ちたりする海みたいな感情の起伏やら、僕にはまだまだ月に話しておかなくてはならないことがたくさんあるので、バタバタと急いで山を駆け下りるのです。

せっかち

僕はしゃっくりみたいに何度も何度も繰り返すのです。

そして何となく苦しくなってきて最後には季節に巻かれて、落ちた葉っぱみたくやりきれなくなるんだ。

2005.6.12

聞いてみました

風が草を片手で撫でて、大きくよろける緑色はそれがうれしいのか迷惑なのか聞いてみなくてはわかりません。僕はとくとくと緑色に近づいてそれを聞いてみましたところ、特になんとも思わないとのことでしたので僕はがっかりし、仕舞いにその緑たちを引っこ抜いたのです。

青春の橋

懐かしさと淋しさの合流地点に橋を架けたら、淋しさで泣いてる君の隣に座って足りない物を聞き出して、川上から河口までそれを探しに自転車で飛び回るから、君は川辺に伸びた新緑の草花で涙を拭いて、歩けるなら頑張って歩いて懐かしさまで行って、僕が戻る頃には思い出で満たされていてください。そうしたら僕は、橋を片付け青春の青いなんやらかんやらを、ハンケチを畳むように四つに折って川に捨てるからさ。

泡

波打ち際の夕暮れ一つ。そっとしておいた頭の中のこと、もう一度両手でぐっとたぐり寄せてみました。すると苦しみやら悲しみやら喜びやらが惜春の潮に乗ってやってきて酷く後悔を促すので、切なくなってもうブクブク泡と同じになっておりましたら、僕の胸中察してか、白波がひっくり返ってそれらを混ぜて、誠にちょうどよくしてくれたのです。

ネジでとめる

直喩のネジで夜空に月をとめる。それでいて僕は星を見たがっている。腕組み唸る僕らの生活はまるでカイワレ大根のように貧弱で自分勝手ですが、一人では淋しすぎます。ですのでどうにかしてあの頃に戻りたくて、月に縋って心を空想へと落ち着けてしまうのです。

37

2005.9.18

季節

そのままにしてきた事、のらりくらりと思い出しておりましたら、何一つ終わらせていないじゃないかと本当にびっくりしたのです。積年のやりくりが秋の黄色い一刻と同じ悲しみでしかないなら、僕の今抱えている本当の悲しみは、花びらが落ちる夏の終わりみたいだ。

38

2005.9.19

僕は起こす

朝日が黒い山と雲の間で青く僕を呼ぶのは、この疲れた日々の怒りが太陽の心の隅っこを突っついて、彼の眠りの邪魔をしているからではないかと心配にならざるをえません。

現状維持は嫌い

悪魔みたいなあの子。けど夜の空に隠れた僕の情熱はそればかりに向けられます。季節の狭間はそれ相応に僕らを考えさせ、それぞれの星へ上手にちりばめてくれるのです。

気まぐれの毎日、それこそ現世代の新しい力なのです。

フルート

いつか僕は独りになってしまう。この季節はそれを教えてくれます。
その時にはどうか悲しみが僕に残っていませんように。

コントロール

僕は気にする。そして世界の全てで何がどうなっているのかちょっとでも知ろうと秋の焚き火をするのです。遠回りや近道の屈託の無い選択に君や僕の未来を重ね、右往左往する現実を謳歌するのだ。

雨音の背格好

通り雨の下、野に染みる水の音が僕らしくあると言って、それは言葉じゃなくそれでいて嘘くさく単調で、しかし嬉しく感じるのは今の僕がそれほど疲れている証なのだと言わざるをえません。

B

愛すべき人よ

人を愛することをもうやめました。つたない会話で盛り上がる感情を忘れました。日々精神との格闘で満足してました。今ある現実とは実は全て嘘で精神上ある意識だけが現実だと思っていました。しかしそれは錆びたカッターナイフのようにじれったく歯ぎしりし、胸に止まる物といったら虚しさとほんのわずかな純情でした。あらかじめ記憶に彫ってあった本能とは裏腹にコウモリのように夜空に飛び交う鋭利な感情は身を潜めまた僕は愚民となります。手に届かぬ愛すべき人を夢見て今日も激流に立つ腐木となり僕は生きていくのでしょう。

悟ると書いた

雀が背中をさするのです。早く歩けとせかすのです。

月光が眩しく足がすくみまるで弱ったふりをする鱒のようにひょろひょろと皮一枚つながった桟橋を歩くのです。

あー日々精進し米一粒涙してみたいものだ。

ハンダ鏝

猫の前脚二本が好きだ。地面と直角にすらっと立つから好きだ。自分の足と比べて見たらなんてことだ、僕の足はハンダのように波うってやがる。いつかこいつがポキンッと折れて猫と視点が合ったなら、その時はきっと前脚だけでも君にすらっと見せてあげるよ。

カンガルー

命はまるで竹の先。とがった先が指さした、曇りなき青空のまだ上で、きっと疲れた星達が僕らの帰りを待っているのでしょう。

猫三郎

家の猫は食い意地はってニャーニャー鳴いて、ガツガツ食ってはゴロンと寝ます。毛並みは石炭みたく真っ黒で体の線はよもぎの様。猫はいつかの桜の花弁みたくヒラヒラ落ちては腐っていきます。だけどぎゅっと抱きしめたなら命の熱が瞬いて、僕と猫との関係をより深く繋げるのです。

48

2002.10.24

木上の祈り

大きなイチイの木は歳をとり、その上で僕はこった肩を叩く。枝は何万もの両手をかかげ、光に疲れた孤独者達を匿う。そんな生活に魅力を感じる世代はもう息を潜め、言葉の中に隠された隠喩の欠片さえ見つけられなくなってしまい、いつか群がるコウモリのように空に影を作るでしょう。そこに差し込む光こそが僕の求める音楽なのかそれはまだわからないけど、冬のココアのように暖かい大自然は、すぐそこにあるとは限らない時代になってしまっている。

個性

名前がない猫の本当の名前は、誰も知らない。知っているのは猫だけで僕には米粒ほどもワカリマセン。僕の本当の名前は僕だけの中にあって、お墓に刻む文字通りではないかも知れない。呼びやすくするためだけの名前をしょって生きているんだな。そんな意味ある名前が素敵だったりそうじゃなかったりするように、人それぞれ個性があって困難な人生をかき分けてかき分けて生きているんです。だから死にたいなんて言っちゃだめだよ。

理想クラゲ

本当にそう思っているのか、頭の奥の方でもそう考えているのか僕は不安です。実は欲望まみれで、ごみ捨て場に溜まるカラスの様にガツガツし、夜のテーブルみたくヒンヤリ冷たいのかもしれない。だけど純粋な本能だけは、捨ててはいないのかなと、安心したりする自分の醜さを軽蔑します。あー、日本海の水面下で漂うクラゲになりたい。

仁王

空をぐるぐる回るトンビのように僕はもっとたくさんの知らない事を知りたい。慰めもなく愚痴もなくただひたすら遠くに行き、今まで見えなかった事を見えるようになりたいのです。この足はか弱い鶴の竹足だが自分一人くらい支える事はできるんだよ。

絵皿

長い坂道を下りたら実は遠回り。そうだと知っていても下ってしまうのが人間の性。

醜い醜い僕は、僕自身に脅え名前を失った飼い猫のように頼りないのです。だからもうちょっとだけ我慢して踏ん張って下さい。

いつか僕が大きな受け皿になって君の人生丸ごと受けとってあげるからさ。

張りぼて

醜い醜い自分が醜い。帰り道を忘れた渡り鳥のように独りぼっちで死んでいきたい。

銀河鉄道に乗り遅れたカムパネルラをジョバンニが笑ってる。人間らしくない僕の未熟さをあいつが陰で笑ってる。このまま大人になるのなら、いっそ壁に染み込む影になりたい。背中のひらひらは、遅い秋風の冷たい言葉に裏切られ、悲しくちぎれて真っ直ぐ落ちた。

野鳥のように

僕らの頭の中はまるで洗濯機のように掻き混ざっていて、僅かな安息では満足できなくなってきている。川に飛び込むカワセミのように、ただ淡々と生きていけたらいいな君と。

55

2004.1.13

猫と僕

野良猫の立ち振る舞いが、僕の心のある部分を操るのはただ単に猫好きだからというわけではなく、世界が大きく広い事に気がついていなかった頃の僕に似ているからだと思う。

初めに

重い腰やっと上げたらお尻の下にミミズがいた気分。もうすぐ始まる王国の滝みたいな怒濤の生活は、あの子の手招きとはまるで違う恐怖に似たものだ。けど早歩きで歩く。どんどん歩く。だってそれしか選択肢がないんだもの。桃缶のフタを開けたら手を切って、舐めたら桃と血の味が混じってなんだか切なくなった幼かった頃。そんな日々はもう遠い空の下だ。

2004.4.18

ウオノメ

どうにもならない事。たくさんあって僕は悩みます。夜の重たい空に飛び散った魚の目玉は、僕の哲学や倫理をエコヒイキなしに見つめてはうな垂れるのです。もっとがんばろ。もっと考えて、いつか吊上がった月と魚の目の下で厚着で一緒に語り合いたいものだ。

僕は影

僕は泣きたい。猫の頭を撫でながら、後悔ではない新緑の涙を流したい。そのためなら僕は体を投げ打って投げ打って頑張るのです。日なたが嫌いな僕ですが、どうか日陰を嫌わないで欲しいです。

ピュー

本当は頭の中をトンビのようにしておきたいの。僕が坂道を転げ落ちたとして、コンクリみたく思想が凝り固まったら何がそれをほぐしてくれるのか調べておかなくてはならないの。

そろそろ真剣に。

2004.7.13

精神

不安の終着駅は死だ。だからイタドリの様に根強く繰り返すんだ。解った事を解ったと認めず、更に深緑の森に留まった野生の鯨の話みたく幾度も幾度も確認したい。

手を振らず、ポケットの鍵を握る。

幼き頃の空想の現実化

親を助手席に乗せて走る畦道は、昔思った理想と近すぎて照れたりするのです。
黒揚羽を黄緑の軽ワゴンで轢いた今日、親が隣にいて良かった。

2004.8.28

歳月

魚の声を聴いてると名前の無いころの自分に気がつきます。部屋の植物の声を聴いていると弱い青春の駆け引きに恥ずかしくなります。

直線と先々

円の中心から一本スイッと線を引いたら、渡り鳥がそれに沿って流れていくようです。雲の狭間で彼らが何を言うのか耳をすましても、遠すぎて聞こえないのが勿体無いというか何というか。

64 2004.9.17

鳥

鳥の背中は僕らの背中と何かが違っていて、それを羨ましく思う時もある。この場で足踏み、傍観することに美学をコジツケ何の気なしに見上げた空の色に、僕は愕然としたくは無い。鳥の背中は僕らには見えないんだ。

みかんと猫

みかんの皮が重なってテーブルの上に置きざり。夕方の街並みがどうも初冬らしくて僕の感慨はネガティブに進む一方です。猫が噛った僕のベルトの先を人生の終着点だとして、したがってズボンはいつしかの夢の塊か。あくまでも歴史の瞬間をちょっとでも素直に感じ取ろうと大衆はみんな敏感です。

後ろ髪

知りたくて知らないことを数えながら寝ますと、知らぬ間に涙が流れてくるのです。僕がこなしてきた年月の隙間に、それらを知るチャンスと時間があったかと言えば、もちろんあったのです。そうできなかった理由を春を待つ鳥のように停滞し考えますと、それは世間との同調だったり、若さだったりしたのだと思うのです。それは悲しくどうしても涙が流れるのです。

後悔と積年

猫の気まぐれのように僕の日常は単純だ。狭い青春の隙間をするりと通り抜けてきてしまったのは、正真正銘健全に、様々な事柄を見極めて来たからだと思うのです。肩を叩かれては振り返り、誘惑されては靡いてきた惜春に、僕はもう戻れないのです。もう裏切られたくない。

2005.4.10

汚染

汚してしまった服をかまわず着ている時のような、薄いセロファンみたいなものが全身に覆いかぶさっているような、そんな軽くて閉塞的な感覚から抜け出そうと僕は必死です。きっと誰かが見ていると、きっと誰かが気づいてくれると、物陰からしんしんと投げ打って打ちひしがれるのは、積極性を欠いた猫のようで僕らしくあると思うのですが、しかし。

2005.6.5

動物

イタチの跡を追いかけました。しっぽが地面に擦れた
音と山が僕らを呼び覚ますのか。ひょっと飛び越えた
沢の先にもうすぐ見える花畑だ。

善意鳥

カラスが家と家を跨いで僕らの周りをうろうろするのは、僕や君の鬱屈の匂いを嗅ぎ付けてその臭気をお腹に貯めて、自分は悪くないのにまわりに悪いと思わせるためだ。

知らなくていい事を知らずにいること（1）

カモメから聞いた話によると、岸壁から少し離れた木造で不格好な一軒家に昔から一人で住んでいるらしく、毎週水曜日になると決まって何かを作っているらしいのです。が、何を作っているかはわからないのです。僕はうなずきます。けどそれだけです。うなずくだけです。それ以上知らなくても僕はもう知っているのです。

知らなくていい事を知らずにいること（2）

なのにカモメは僕にチャンスを与えます。「毎週水曜日、木造で不格好な一軒家からどんな音がすると思う？　音だけでも聞いてみたいと思わないかい？」　僕は買ってからまだそんなに月日が経っていない白い靴の先で赤茶色の地面を軽く掘りながらうなずきます。だけど耳の後ろが少し痒くなってきて、心の隅っこが寂しくなってきて、なんだかお酒を飲んだあの時みたいな気持ちになってきたのでした。

知らなくていい事を知らずにいること（3）

それに気づいたのかカモメは夜なのにバサバサと羽ばたいてコーコーと夜に向かって鳴いたあと、僕の後ろに回り込んでわざと白い羽を僕の頭の上に落としたのでした。僕は思わず持っていたライターでその羽を燃やし、全てなかったことにしようと必死に必死にあがいたのです。

知らなくていい事を知らずにいること（4）

するとカモメが言いました。「僕は見たぞ。そうやって本質を隠す事が美学だと思っている様だが実はそうではなくって、本質をさらけ出す勇気がないだけだということを」

知らなくていい事を知らずにいること（5）

僕は愕然とします。それはそうですとも。そうやって自分を励まして生きて来たんですもの。恐れているなんて太陽の下で元気よく生きてる人たちに知られたら、僕なんて簡単に丸ゴミにされてしまうことでしょう。カモメはもういません。気がつくと僕の両手から煙がひゅるひゅる垂れていました。

2005.7.16

蝉

「考える」から「出す」までを象の鼻ぐらい長くしておきたいのです。そしてその間に僕はせっかちに試行錯誤して、夜の空蝉みたくしんしんと経験を蓄えたいのです。それができたらきっとあの頃みたく何も考えず生きていけるのではないかと思うのです。

日々の脱却

僕はどちらかというと鳥になりたい。空中で連なる編隊の接点を陣取り、翼を直喩と同じく水平に保ち悩めるモラトリアム群の本音を先導してみたいのです。そして、その先にあるのは一体何なのか見てみたい気もするのです。

拝啓哲学

よもや時の最先端。しかし、それに気づかないスズメ。餌のない冬の冷たさに鳥は群れて馴れ合います。どうかその先に何があるかいつか僕にも解るようになりますように。

C

リアリティー

テレビは嫌いだ。見てると色んなことを忘れてしまいます。よりリアルに生きようとする僕の精神に、絵の具で固まった筆先のような堅い何かが突き刺さってきます。もどかしさや、倦怠感など自由という本当の幸せが逆に足枷になってしまいかねず、いつも僕は不安になります。情報を得るためのベースステーションがメディアしかないのは事実だがそれはちょっと怖い気がします。

キャッチ

時間の最先端で、伸ばした竿先見つめる僕の後ろ側。きっといろんな暴力がキャッチボールのように投げ合い受け合い。そんな「社会」を知りたくて、通り雨の社会学を勉強したのです。何のための頭か体か、それを考え生きることが祈り続ける場所探し。

2003.6.26

アメニモマケソウ

枝を伐った木は丸裸。それを可愛らしいと言う君に、僕は絶望したよ。なんだかなんだか、宮沢先生の銀河鉄道のヨウニ、ナガサレル意識のシタで今日も社会のムジュンニ、立ち向かうサクラの花みたいだ。知りたい事、シラナクテイイ事、そんなことないと思うわけで。

2003.10.4　82

歩く度

すれ違うたくさんの他人にもそれぞれの人生や欲望があり、それを一つ一つ意識し歩く街中は非常に険しく、著しく疲れます。

なのに、切れかけて不規則に点滅する外灯のような僕の胸中とは反対に、多くの青春の若者はそこに安堵を見つけ大きく笑うのです。見えるもの見えないもの、その差は人それぞれでいい。僕は人込みが嫌いだ。

背競べ

どうにもならないことばかりです。正しいことは人それぞれで、ちっとも大きな山になりません。ダンボール箱一杯に押し詰められた「みかん」のようで、腐っても気にしません。なぜ踏みとどまるのか？　僕は大勢からの心の声を聞きたくてならないのです。竹林は地面と垂直に伸び、命ぶつかり合う背競べの中大きく育ち、いつか悲しく枯れてしまうでしょう。そんな時代に僕は生きていきたい。

新聞で十分

テレビのアンテナ線を引っこ抜きました。これでやっと僕の尖った精神を断絶するメディアから、一歩遠ざかれたのです。こうでもしないと何万色もの光と感慨に、捻った頭の回転軸を縦に横にと振り回され、生きていく目標を失っていたことでしょう。ちょっと大げさだけど。

日本の中身

僕らの国は僕らの手で作ってはいない。僕らの国は機械や生産される多くの資本主義に横たわっている。僕らの国は今しか見ていないんだ。だからカナダに移民に行くなんて考えたりするんだ。

2004.8.16

雲も

呼ばれた気がして振り向いた。そこで見た人間の総合力の低下に僕らはうな垂れるのです。雲のすき間で動いた意志は、決して変えちゃいけない。

手

変化を恐れてはいけないが、変わってはいけないこともある。それを見極めるには知識が必要だ。手を叩いて笑っていられるのもあと僅かです。

2004.9.3

人生グローバル化

クラゲに引っ掛かったゴミの責任問題を、少なくともローカルな着眼点で話しているうちは、銀河やら天の川やらから人生を見下ろす事が一生できないでしょうね。

変わること

欲望の果ての果てをテレビの砂あらしに例えて、僕は落胆する。変化する感情の形を予測し利用する。それができたら一人前だ。

2004.10.24　90

幸福と不幸

本当の事をいうと可哀想で可哀想で仕方がないのだよ。気づかず進むあの子の虫食いは、今ではもう世界平和を訴えるテロリストみたいで矛盾しています。本物の幸福は本物だけが手に入れられるのだと僕は思う。

理想と社会人

背伸びしてみた雲の上は、夜空でした。重なり合う夢の切片を人型に刳り貫いたりした厚情の恩を、心のデッパリでふいにするのです。

もっと分かりあえた先にあるもっとも素晴らしい社会。

スリープ

隙をみて眠る僕。それは世界史の教科書に書かれているだらしない戦争みたく繰り返してきたことで、これからも変わらない。でもね、いつか僕の周りに誰もいなくなって、この海みたいな現実で一人きりになってしまったら、僕は決して眠らず一心不乱に本を読むと思う。それがそこから抜け出せる僕個人の唯一の手段だと思うからだ。平べったくてせんべいみたいな未来は、僕にとって不安以外の何ものでもない。

切り抜きアース

ハサミで紙を丸くきったら、地球が出来たらいいのにな。だったら僕は毎日毎日地球を作って、何度も何度も過ちを繰り返すんだ。バカな僕のグラタンみたいな脳みそは、間違いや悪行を知ってか知らずか黙認し、地上の希望を雑草を抜くように簡単に引っこ抜きます。けどそれが主流だ。

ナンセンス

誰かの渦に僕も引摺りこまれたら、それは非常に面倒くさく、それでいて社会ではそれを軽視する事を許していない。世界の半分が自分の問題を自分だけで解決できていない。

防波堤ノナミ

遠くまで眺める。その着眼点までの間に僕らが気にかけるような様々な出来事が起きていたとしても、それに触れることができる可能性は低い。だから僕はイメージするんだ。

ゼロから１００までの可能性を。

選択する僕

僕は何色ですか。自分の好きな色が僕の色なのか、他人がイメージする色が僕の色なのか。それとも様々な情報を分析し、導きだされた色が僕の色なのか。社会に存在する様々な価値観の総意を全ての価値観だと決めつけてはいけない。

バックバック

大きな布で僕らの周りをかこって、外から何も見えなくなったら、そこであぐらをかいて背伸びして、ようやくみんなで未来について話し合える気がする。

それほど世俗は未来について悲観的だ。

ライス

答えがない。全くもって答えがない事に僕らはいつも突っかかっていて、どうにか言葉を返そうと、顔を両手で覆ったり指先の皮を引っ掻いたりします。けど、僕らのそんなところが、この先に出てくる大きな問題の枝一本一本を折る時に必要な力に変わるのかと思えば、それぐらいのこと、恥ずかしさの欠片にもならない小さな米粒みたいなものだ。

D

シンプル

自分は醜いです。力もないです。触れるものの全てを藍染めのように黒く染めます。訪れた変化に対してそれを認めようともしません。本当にダメな人間です。でも一つだけ言えるのはこんな自分でも命がありただの一度もそれを失ったことはなく今も神に祈ることができるのです、家族に幸せをと。

沈黙

黙って黙って聞いていたら本当につまらない事だと気づき、僕の虫っころな脳味噌じゃ唾を吐き捨てのぼせるだけなのです。だからって右手に掴んだ幸せをみすみす離したりなんかしないのです。

ライトライト

僕にだって泣きたい夜はあります。コップ一杯の幸せのために湖のような絶望に立ち向かい、痛い体を引摺って歩くんだから。見えない何かを信じていた僕たちの行方を、不安という悲しい現実が邪魔し満ちあふれる希望さえも欲望の前に奮起できずにいるのです。言葉の表面をそぎ落とし、見えてきた裏側はほら、実はすごく単純だったりするんだぜ。

パス

どうしてなんだろう？　今の僕には誰も救うことができません。期限切れの定期券のようだ。幾つも幾つも罪を犯し、それを過去として清算しなければ生きていけないのです。夜は真っ暗で大好きだが、あまりに暗すぎて近くにいるのに気づかない事もあるんだよ。

残

ある時気がつきました。他人は僕とは違うんだなぁということに。僕の劣等感や卑劣感は悉く醜いのです。解ってもらえない事を解ってくれる人間と同化し生きていきたいのは僕だけですか。

あの日々

半袖を着れない日々の脱落に、声も届かず夜にも気づかず。支えとなる緑の青春に声を上げては唯々指の爪を噛むのでした。返っておいで、あの時の全てが新緑だった日々よ。

ハイライン

自分らしさ。他人が感じてくれた自分らしさを自分で感じ取れるようになった時、その領域はファンタジーに近い。蚊取り線香クサイ僕らの日常は、決してハイセンスではないと気づくのは楽じゃないよ。

2004.8.7

太陽と日常と鎖

しゅう色の太陽の枠線の外を、じゃらじゃら垂れている鎖にぶら下がる僕は、もう消えてしまいたいと思ったりする。曲がりくねった幸せや元通りにできない日常の乱雑を透かしたりして、生きていると感じるのはウンザリだ。

追いつけ追い越せないけど

変わり種の選択の連続に、見失う客観さ。でもそれが好きなんだ。
だからもうすぐ解るはず大切なこと。自分を外から見ることができるようになりたい。

遅れまして

心の先々で何を見つけられるのだろう。見えるものや見えないもの、それにいつも振り回されるんだ。いつも頭の中に、映写機で跳ね返した映像みたく鮮明に浮かんでくれれば楽なのにな。

大人

どうしたら良いか解りそうで解らないことは、解らないままにしておく事が多い。
そうやって大人になった気分に浸るんだ。僕はそうなりたくないんだけども。

コミューン

輪と輪を結ぶ糸は最終バスの吊り革みたく不安定で、僕のため息一つで大きく揺れては靡いて驚かします。実はどの辺にいてどこまで行けるものなのか、探りに探っていつか独りぼっちになっていそうだ。

三振

何をしたいかなんて、上手く言えるはずないじゃないか。空振りして恥ずかしくなるのは、僕や君の全てが空に舞い上がって、本当か嘘か解らなくなるからだよ。あの時の考えや、あの子が好きだった頃のことも全部、洗剤の泡みたく弾けてしまえばいいのに。

箱

四角い箱みたい。咳したりツバを吐いたり一向に波打つ気配のないグラフ状の生活感へ合図をしたけど無駄でした。すっぽり僕が収まったその箱に、昨日から与え始めた新しい刺激。

持論

複雑な心であるべきだ。僕はそう思う。心なしかポチポチと押したり押さなかったりする哀愁のスイッチを、今は連打したい気分です。

種二種類

僕が作った自分を今一度冷静に分析してみると、ヒマワリの種と朝顔の種を一つの植木鉢に植えているような感じです。これからはもっと客観的に自分を見れるようにならなくてはならない。

ビニールこころ

前後左右、壁が僕を囲っていて暗くて本も読めません。体を伸ばして横になることも、そればかりか手を広げる事さえも出来ないこの閉鎖的な空間で僕は、半紙のように半分で、シャボン玉のように脆く、今にもビニール袋のようにグシャグシャ音をたて、形をなくしていってしまいそうです。朝に眠り朝に起き、自分で考え自分で解決する、そんな日常から懸け離れたこの空間は、まるで夢の世界と酷く似ていてたまにいつ起きていていつ寝ているのかさえ解らなくなる時もあるぐらいだ。

スラッシュ

貝殻半分ともう半分をカパッと重ねては、「違う」と君はつぶやく。僕の番が近づくにつれ、不安が水分を含んだちり紙のように重みを増していって、その時が来る前に心が重さに耐えきれなくなって崩れてしまいそうだった。君は左手に貝殻半分を持ち、ついにもう片方の手で雑に僕を拾い上げた。けどすぐに「違う」とつぶやき、僕の目さえ見ず下へ放り投げたんだ。けどそうなることぐらい僕は解っていたよ。だからそんなに悲しくなかったよ。どうか謙虚にあれますように。これからも謙虚に。

静かな集中

さっぱり僕の周りには漂ってきませんよ。詮索したからには何か拾って帰りたいのですが、まるで真っ白な画用紙の上に展開している静寂のように本当に何もなく、耳を澄ましても何も届いてこないのです。音を消したテレビみたいに。

スペースブレーン

感性が理論と交わった時、その時がきっと僕の砂時計をひっくり返した時。何となく相づち打ってきた事柄を一つ一つ確認し直し、それが正しい相づちだったか調べたい気分です。もし世界が僕の想像するぐらいの規模だったら、僕の頭の中はまるで宇宙三つ分だ。

カラフルヒューマン

人間を知るという作業を色々考えていましたら、それはまた幾つもありまして、一体どれが僕の想像していた「知る」という作業なのか決めかねます。浅く深く、手前か後ろか。何重か。その全てを網羅したとしても、きっと答えは出てきません。まるで週末の折り込みチラシたちのように派手で沢山だな。

行為と後悔

泥に片足を突っ込んだんだ。そしたら自分の志しやら執着心やらが、悶々とした黒い霧の中へ溶けていくようでとても怖かったのです。だから僕は泥の中にずっぽり浸かった足を知恵や力を使って大急ぎで引き抜いたんだ。

回路

ステレオな思考とは、物事をはっきり言うのではなくて、多方面に存在する要素という要素を片っ端から掻き集めて、その具体性を平面ではなく、奥行きを感じながらイメージすることだと僕は思う。つまりそれは、己の客観視に繋がる。

短縮したら

何でもない夜の僕のひとり妄想は、もはやどの山より高く、どの車より速い。曲がりくねったヨレヨレの活路を、定規を一本倒したみたく真っ直ぐ突っ切って、何かが始まるのを部屋の隅っこで待っているようなのだ。

ダウン

僕の不安な感情を夜の街並にたとえたなら、それはきっとついたり消えたりする外灯のようでして、そこから何か始まる予感すらなく、ただ淡々と時間がぐるぐる回るのです。いつか世界が僕を否定して、発想の結果が全て没落したなら、それこそ何度も反復して唱えた自己の性格感を失わなくてはならないのだ。

シャットアウト

曇りガラスの箱の中に閉じこめられたみたいになってしまっている僕。全ての本性や現実性にソースをかけて一気に食べてしまいたい気分です。確かな事なんて僕の今の状況では何一つ把握できるはずがないのだ。

遊びの延長

僕が惹かれる百の物事。それは認められない無限の如何わしさの上に成り立っています。それを知らないまま、ただ好きな物を頭のテーブルに並べたって、そんなの子供のオママゴトと一緒だ。

2005.1.29　126

どっちかというと

斜めに傾く心の水平線は、僕にとって最後の砦だ。大きくあくびしたり乾いた肌を擦り合わしたり、それはとても新鮮で繰り返すべき行為だが、僕にとってそれは不自由な要素でもあるのです。

ガラス張りになってしまった

手で丸を作ったら空間の切片として、悲しみや喜びやらを包み込める目に見えないものになったらいいのに。

そしたら、世界はもうちょっとだけ先の読める人間が集まるはずなのに。

そんなふうに僕は部屋で考える。

ゲーム

挟まれて挟まれて小さくなってそれに気づいてなくて、ボードゲームの上でサイコロを振っていたみたいだった。けど本当の僕は本当の僕だったんだ。またいつか昔みたくなってしまうかもしれないけど、その時は歴史の教科書の目次で僕自身予測される結末を人差し指で検索して、確かに確かになっていくんだ絶対に。

明かりという何かです

日光が僕にはないのです。体の中からこぼれ出てくるような黄色ともオレンジ色とも言えるあの日光が僕にはないのです。せっかくもうちょっとで解りきった人生の結末をオノで真っ二つにできるかもしれなかったのに、僕には日光がありませんので悩みに悩んでいる僕の道筋を照らす事ができず、逆に遮るのです。

馬鹿者一路

話したくない。話したくない。話したくないのに僕は口をひらく。その人を知らないから僕は僕であるために僕じゃない僕を他人に言葉と共に投げつけるのだ。僕は馬鹿だがそれは仕方がないのだ。

切断

色んなこと忘れてしまって、まるで山が削れて転がってきた大きな岩のような心持ちの僕です。もっと蓄積された密度の濃いため息を、赤みがかった空に吐き出し世界が僕の味方であってくれるよう祈りたいのです。切迫した。アー切迫した。

毛糸の結び目

何かを包んでいた紙があるのです。その紙のシワを丁寧に伸ばし、四つに折って机の上にヒョイと置いて僕は出掛けるのです。そうやってひとつ終わらしてひとつ始めて、あまり関係のないことを続けてやることで結びつけてはヤキモキしたりして僕は精一杯になるのです。もうなにもいらない。

アンサーアンサー

何かに紐をくくりつけて僕はずっとそれを
引きずって歩いてきたのですが、もう何を
引きずっていたのか忘れてしまったので、
ハサミでそれをプチンと切りました。

2005.3.16　134

ステップのなんたるか

終わる事と終わる人。それとの境界線をジュッと木の棒で引いた気がしてホッとしました。

種が木になるのには水と光が必要だ。

たのしかなし

悲しくて忘れたいことを、頭の中でぐるぐるかき回して、楽しくて忘れたくないことと上手く混ざって、何がなんだかわからなくなってしまえばいいのに。そしたら僕はそれを「まるで絵の具みたいだなぁ」と思って笑ったりできるのに。

真っ黒い穴

僕は考えるのです。丸くて黒い大きな穴がぽかんと地面に空いていて、その底になにがあるかもちろん解らないのですが、果たして僕はそこへ飛び降りようとするのか考えるのです。今の僕はきっと飛び降りません。だから僕はまだ大丈夫だと安心するのです。

タイムス

時間は僕の敵です。果てしなく勝つ事のできない僕にとっての脅威です。苦しみを長引かせ、喜びを短縮する。切迫する僕にとっての悪魔以外の何者でもないのです。

マグマのような

手や足や耳や口や目が驚いてしまって、言うことを聞かないのです。そんな時はただ黙って胸の奥底から、ユラユラと湯気が立ち上ってくるかのように心が奮起するのを待つしかないのです。

反復

吸ったり吐いたりすることに慣れ過ぎていて、うっかり止まってしまいましても「あーなにか静かだな」と思うだけで決してすぐには驚きません。しかし、だんだん苦しくなってまいりますと、心がやさしく僕の背中をヒタッと撫でてそれと同時に胸が大きく膨らむのです。

闇の

大きな大きな真っ黒な、いや、赤黒い破れたカーテンみたいな憎たらしい僕の中の本音は、そんな中でのちょっとした明るい良い事が絶妙なタイミングで励ますことによって、全てを覆い隠せず平面的でいてくれるのです。

シャドー

人が何か言うと真っ先に僕は丸く頑に固まってしまうから、それならいっそ湿度の高そうな影の裏側で、たぐり寄せたタオルケットを枕にして、雨とか風とか気にならない場所で安息という意味をはき違えていたほうが幸せなのかもしれないのです。

涼みの台

煙に巻かれてぐるぐるして、他人に僕は本当は何がしたいか正確に伝えられないのです。今僕が確信しているなんやらかんやらをラミネートしてポケットにいれておきたい。

考える僕の胸中

僕は考えて考えて最後には納得する。その間流れていた時間は井戸の底みたいに静寂です。一歩の幅の違いに悩んでたときの僕の独自性は全くもってクリエイティブではないのです。

声

やっぱりどうしても変われない事があって、それらが僕のつっかえ棒になっているのです。首や肩や背中から生えてくる積年の鬱屈を、君にどうしても手で払ってほしいので、僕はとりあえず話がしたいのです。

霧

霧がモヤモヤ僕の中にも漂ってきてしまったので、せっかく一晩かけて作った切ない何やらかんやらも、惜しみながら真っ暗な袋の中へ捨ててしまったんだ。

眠りまで

ぬるくてやや重たい夜は、布団の上へ横になった僕の両足が傾いたテーブルを転がる電池のようになって、心の奥で休んでいたなんでもなかった事が急に暴れだしたりするので、僕は冷たいタオルケットを手でまさぐってなんとかして眠ろうと頭の中であぐらをかくのです。

本質を見ぬく目

狭間にいて考えた。そしたら壁と壁とが広がってもう
狭間じゃなくなったのです。それはすばらしい事だと
手放しで喜びあったのですが、君の浮かない顔を見て
僕は少し不安になってきたんだ。

接触

うねってひっくり返ってねじれて割れる。そんな僕の心ですが、一つしかないのでとてもとても慎重に大事にしているのです。せっかく取り戻してもまた離れて行く、まるであの子みたいな僕の心。

体と心と頭痛

鉄球が頭の中にどすんとありまして、僕はそれをぐるんぐるん回すのです。その度に忘れかけていた背中越しの沈黙や、腫れがひかない想いのアップダウンが僕を昔に連れて行ってくれる気がして、なんだか体と心がバラバラになってしまうんだ。

簡単探検

空振りです。僕の精神探検は早くも地上の星です。闇雲に草をかき分けて、浅はかに躊躇わず飛び込んでようやく見えてきたのは、寂しさと別れなのです。

水準

僕の意見と違う意見が、せっかく水と絵の具と同じくなったので、洗濯して真っ白にしてしまいたくない。憧れや偏屈とにらめっこしたらその時はもう僕の声など聞く人はいなくなって、やっぱりそうなのかと納得せざるをえないのだ。

カー

始まりや終わりがもっと後からついてくれば僕の青春や後悔も全て平べったくなって、いらなくなった雑誌の何ページ目かに挟んで隠してしまえるのに。そうやっていつもいつも僕はバックミラーを見るようにして指折り何かを数えては、ため息ばかりつくのです。

鍋

解放されない僕のグツグツの蓋を、君がそうやって簡単にパッと開けてしまうから、いつまでたっても僕は甘えてしまうのです。夜から朝まで僕はあぐらをかいてブラインドの隙間から遠くを覗くことしかできないのは、僕が弱いからであって君がいないからではない、と思いたい。

夜の大声

今の僕がまだ始まっていない頃の話をあなたにする事は勇気がいるのです。それがちょっとでもあなたの眉毛や口元を動かすことになる事自体、僕には辛いのです。惜春の歪み、混沌、鬱積。それらの掃き溜めがこの青黒い夜だとしたら、まるで灰色のビルとかは世知辛い僕のつららです。

間違ってないと思いたい

盲目のモラトリアム。そしてそれらの最先端。繋がる枝と枝みたく僕はその先を見てみたいんだ。たまにつくため息にもうすぐ何かが混ざり込むはずですので、その日には必ず側にいてください。赤ペンで線を引いた教科書の末路みたく、そうやって消えたくはないのです。そうやって消されたくはないのです。

僕の扉

どうしてそこには暗い扉しかなくて、僕にはそれしか
出口がなくて、いつもその前で膝を組んでふさぎ込ん
でしまうのでしょう。今更歩き回るのも疲れたし、考
えるのも疲れたし、喜びの何たるかを大きく口を開け
て話す訳にもいかないし、だから僕は始めるのです。
こうやってひとつひとつ確かめながら、惜春の世代の
ようにゆっくりと行くしかないのだ。

ループ

去年と同じ服を着て、去年と違う自分に気づく。枕を裏返して眠るように僕の日常は短絡的で浅はかですが、下を見る事はいたしません。夜毎思う様々な模倣は、若き日々の眠る前、障子の向こうに見える影と同じ気配だ。

切迫

僕の闇と朝の白さが混ざったんだ。せっかくだから何か考え事をしておこうと振り返った不安に、ざっくり抉られたのです。だから僕のお腹には大きな穴が開いていて、もう取り返しのつかないところまでことは運んでいるのだ。

視覚四角

隣に四角い性格がありましたら、僕は言葉を巧みに使ってそれを菱形に削っておりました。しかし、溜まった削りカスがホコリとなって僕の視界を遮るようになってしまいましたので、僕はもうそれに対して全てを受け入れようと四苦八苦し始めたのです。

水平

心を布みたく半分に折れたり、シワを伸ばせたりできたらいいのになと、この頃よくそう思うのです。

喜び半分悲しみ半分、それが均等であればあるほど、僕の垂直な感情の水平線が明日に傾くのです。

嘘中毒

自分を誤魔化したり嘘ついたり。そうやってこんがらがった赤い毛糸を解いていくと、それは阿片みたいな中毒ですからなかなか自分じゃ気が付かないので、教えてあげようと言葉を選ぶと違って捉えられたりしてもう何がなんだか解らなくなってしまうのです。

E

太陽

何をするかではなく何をしてきたかに視点を置く。傷だらけの指で土を掻くように、痛みなくしては何も生まれないように焦ることなく僕は生きよう。暖かさに馴染まぬよう生きよう。これからは流す涙一滴一滴の意味を確かめ疲れはしらず寝違えた首は痛まず愛する自然とともに果てようじゃないか。

海道

何でもないんだ。僕は世界を股に旅する風とそこの木陰で話して、これから自分がどう有るべきか思案しながら眠るとこなんだ。だから大地に唾を吐き、幸せがわりに嘘つく君にいくら自然が雄大だと説いたとしても川の流れの様に海へ向かって進んで行くだけなのさ。

WALK

何にもない帰り道で小さな幸せ拾ったから今日は遠回りして帰ろうかな。そして午後までゆらゆら寝てさ、もらったチェックのシャツを着て昨晩歩いた回り道に幸せ返しにまた行くんだ。

哲学

僕の哲学は僕だけの物でないようにと切実に祈るのです。きっと立ち去る君の中に僕の香りが残っていたらその時こそ生きていけると確信するじゃけん。

166　2002.5.8

夢

思いきり引く綱の先にある物は生きるという事の答え。なぜ生きるかなぜ死ぬか、実は考えるだけ無駄だと知りながらも綱を引く手には力が入る。一引き一引きたぐり寄せるたび気づいてくるんだ、これが生きるという事。

山道

疲れたら休む。休まったらまた歩く、そんな気分。空にまたがる大きな道は僕にとって近道なのかそうじゃないのかそれは解らないけど、スッと立つ山の源に確かにあった青春思い出して、疲れては休み休まっては歩き、また僕は涙を飲んで歩くのだろう。

2002.6.1　168

悲しきカントリー

生まれた家で死ねたらいいな。使いふるした栗の木机と、背もたれがそった椅子の影とのあいだで、静かに煙となりたいんだ。僕の生まれた住み処には、今頃川がせせらいでまたがるように明日への橋だ。

太陽のチカラ

日頃から何か違うと感じる事が僕には多々ありますが、そんなとき何をどうするかとか何をこうするとかそんなことはせず、ただひたすら眠ります。そして今日も朝日が昇り、きっと全てを書き直してくれるでしょう。

都合いいや

どうしてだろ？　なぜ背伸びしたがるのだろ？　どうしてすぐに気づかないのだろ？　生きていくという導火線上を渡るかぎり、常に後悔し諦めて忘れていく。そのループの縄に縛られた腰の紐をギュッと上に引き上げ、生きていこうと決めたとしても、今さっき考えていたことすら、明日目がさめたらまた忘れちゃうんだよきっと。

道草

少し急ぎ過ぎたかな。回り道もいいのかな。歩いた路の先ゆく人に、気持ち負けしていたのかな。速すぎて景色が見えない窓なんて僕は嫌だ。人生は各駅停車のほうがいい。

誉れ

人生の行き着く先は吹雪なのか、それは人それぞれの功名の差で変わってくるでしょう。僕の行き着く先は七分綱渡り。残り三分は回り道。帰りたい過去の誉れは、いつぞやや。

すまん

雲が遮る僕らの世界は、いつかの波に映る太陽の道の先へ進めばきっとあの頃の麦畑のように金色に輝き続けるでしょう。ちょっとくらいの悩み事ならゆらゆら揺れるかなしみの船の上で、泣き続けることが多分最大の慰めで、そして深く眠るのが良い。

運と知恵

伸ばす手、揺れる体。そして悩む日々。もっと欲しい時間の山は、実はもっともっとあるのです。僕のザイルは尾根の木に引っ掛かり、土に付いた杖の手ごたえは涙をそそります。大丈夫、信じてもいいんだ。だから迷う事なんてないよ。

山、波

目に余る生活習慣。それが僕らの活力なんだ。だからそんなにガミガミ言わないでください。間違ったこと、悪いこと他に沢山あるはずだから、そっちのほうに目を向けて、僕らの身近な考えの不一致を見逃すことはできないでしょうか。眠る山、走る波。すべて僕らの体力の一部だ。

リラックス

屋根の上を飛び回る風が、フラフラしてた僕の頭を揺らすから泣きたくなったじゃないか。もっと早く時間が経てば焦って焦ってノラの様に逃げるけど、もっと時間が長くなるのはタバコが増えるのでそれも嫌だな。小さい僕の頭の中は、もうあの子のことで一杯だ。

朝六時の又三郎

帰り道、何も食べたくなくなるくらい真剣に考えたんだ。つながった電車と電車みたく、一見何も変わっていないような海の見える道路沿いで、読み飽きた雑誌を捨てるように、一度は諦めようかと思ったんだ。だけど僕はまるで、長距離トラックで走り出した朝六時の又三郎。

だから、急には止まれないんだよ。

誘惑

木の家具は、死んでいるから冷たいんだ。

きっと僕らも死んだら冷たくなるんだ。

だけど木の家具には哀愁があり僕の胸を軽くする。木の家具は匂いがしてやさしい。

木の家具は垢抜けた大人な僕らに話しかける。木の重みも人の重みも僕は一緒だと思う。だからもっとやさしくなって色んなことを凝視し栗の木みたく太くなるんだ。

悲しい夜に手招きする死の誘惑は、たいして酷いものじゃないんだよ。

指さし郎

僕の人生は間違い探しみたいです。昨日はそう思っていた。でも今日は違う。明日も多分違う。毎日を指さし確認、生きています。

最終電車

一歩先の暗やみひとつ。冷たい布団の上で寝て暖かい布団で起きる。街を貫通する列車の連立を部屋の窓から眺めていると、今度旅に出る訳が、見つかりそうで見つからなそうだ。

主観性

テレビのリモコンの電池が切れました。チャンネルをパチパチ変える一瞬に使われたエネルギー。少し切ないです僕は。左目がよく見えなくなってまだ間もないですがそれに慣れてきたそんな日常の一コマ。僕の精神の電池もそろそろ替え時です。

何か

僕は何かを信じてます。何かを信じて生きています。
ペラペラな白紙の上を駆け回るような不安定な毎日の
思惑の中で、何が自分らしさなのか悩むのでした。
いつかハッキリする僕を待つ何かが、今の僕のチョコ
レートみたいな何かなのです。

アートワーク

立ったり、座ったり寝ころんだり。お風呂入ったり何か飲んだり食べたり。しかし窓は僕の救いです。物干し竿の洗濯バサミが月の風でクルッと回り、四苦八苦する僕を笑うのでした。足をつっぱりそれに答えて、また思想の霧の中へ敏感な体の枠線を深く沈めるのです。

2004.7.2　184

頭

カレンダーをめくるたび僕は焦って頭を掻き、今までした事を振り返ります。僕の何倍も踏ん張って、頭の汗を流した人は何人いるか考えると今日も朝日を見なければと決心するのでした。

一人風

ガスの切れたライターみたく、知らないうちに精神の濡れタオルがカラカラになっていました。母の辛さや、父の努力に幼い頃よりも敏感になり、その風に煽られたのか乾いてしまっていた真剣な僕は、もう一人ぼっちになってしまった錯覚に落ち着きます。

2004.7.5

最終駅

一週間と一ヶ月の早さは僕らにきびしい。気づかれないように少しずつ僕らの人生を食べていき、いつの間にかもう今だ。気をつけろ。もうすぐ快速電車への乗り換えホーム。

外の塀

もっとも、未来の空想によろめいたり、目の前のパンにかじりついたりするのは簡単です。

ですが隣の家の笑い声に嫉妬するのは止まらないのです。

どこの壁

どれくらい努力したらあなたと同じ壁に辿りつけるのか教えてください。
それさえ解れば僕は死ぬことなんて怖くなくなるのです。頑張れるのです。

タイム

もうダメだと思ってからどれくらいで立ち
直れるか今度時計で計ってみよう。
もうすぐそういう時期が来るはずですから。

始まりと終わり

とにかく朝を待って、通り過ぎる今日のうしろ髪を眺めてました。そして少しも話をしていなかった僕は、ただ汚れちまった悲しみの馴初めに顔を赤らめるのです。

きっとこれからもそうやって生きていくんだ。

つながり

僕はこのまま膝を抱いて、もたれ掛かるのは惜春だけにして朝の赤色で心がヤラレチマワナイうちに寝てしまいたいのですが、音やら何やらでそれすらままならないのです。

始めること

指を丸めて覗き込んだら、明日からの干潟の馴初を一から十まで全てみる事ができたらいいのにな。惜しまず考える未来の構想にヤキモキし、自分に動く力が無くなる前に戦いたい。

可能性

ほんのちょっと言いたい事があったとして、それを頼りない紙飛行機に乗せてビルの上から飛ばして誰かの足下に落ちたとする。それだけで生きていける気がします。

ルーツ

遥か戻って恥を忘れて、探し続ける事にしたんだ僕のルーツを。ヤマナリの雲の上底を人生グラフにみたてて、辿り着いた先を計算してみる。

もう片っぽ

通りすがりの人の影を踏んで遊んでた僕。部屋の植物を枯れさせて悲しんだんだ。
もう片方の性格に区切りをつけてさぁ始めますか。

ユージュアリー

机の絵の具を画鋲で擦る。すると日頃思っていたバランス悪さを削り取るようでカラッと晴れるのです心が。黒い髪が長く伸びたらもうすぐさよなら。

矛盾

本音と本音の嵐の中をソリでスーッと滑り落ちて行くような日常が、僕の理想でありストレスでもある。

本当の事は

空箱みたいな僕の体。もうちょっと軽かったら二階の屋根から落っこちても、ふあっと舞い上がれそうな気がするんだ。複雑な夜の半ばで、そんなこと思ったりして僕の内面を月と暗闇に白状しては、ぼろぼろと毛玉みたいな涙を流すのです。いつまでもそうやって生きて行くんだ。

隙間を狙う

木の板と板の間に、ネジをぐるぐる押し込んでいくような生活。振り返る事が怖い。でもレンガを積み重ねていつか大きな家を建てるんだ。その家の頑丈な壁に守られながら僕は生きていきたいんだ。そうするには始めなきゃいけない事が枝の葉ほどある。

察知

綿棒の先は丸い。頭のアンテナも丸い。指さしながら
歩くから、きっと間違わないで行けると思う。丸い僕
でも行けると思います。上手くいかないことばかり、
手招きしてくる誘惑ばかり、けどたっぷりの欲望と銀
河みたいな後悔のあとで、引っ掛かる青春の反省。
僕は僕らしく。飽く迄も僕しかしらない僕らしく。

不安定

凪ぎな心持ちはいつからか忘れてしまって、いつもテレビの砂嵐みたくザーザー落ち着きなく泣いています。古本屋の平凡な静寂さが心地良いので、昔はよく足を運んでいましたが、最近は本を読むだけで本を触りに出かけたりはしなくなりました。けど本は好きです。知らないことが知れますから。

フェイク

缶詰めを缶切りで開ける。それとよく似た行為を僕は毎日毎日繰り返している。頭の中で、時には体を使って行っている。でもたまにその行為が非常に虚しく、そして崇高な事だと気がつく事がある。だから僕は今日も缶詰めを缶切りで開ける。ような行為をする。

分析だらけ

リアルに感じる世界を往復する善悪のキャッチボールに、人間は共感したり反発したりする。僕は何とも言えないが、少なくとも常に落ち着いて客観的に自分の判断を分析して生きて行きたいものだ。苦し紛れに泣いたりなんてしないんだ。

焦りと思惑

カラの湯船にだんだんお湯が溜まっていくのをただ見ているような毎日。それが嫌で僕はまた空気をつかむみたいな事を平気でしようとするんだ。背中から伸びる悲しみの黒い影は「明日にしろ」って言いますけども、どうしても僕は今日中に全て終わらせてしまいたいのです。

だから解ってほしかった。

アレコレ

箸みたく細い二本の思想を、心の隙間に突っ込んで安心した顔を皆に見せております。それが僕らしくもあり瀬戸際の生活をいかに充実させるかという僕のコンセプトにもしっかり当てはまるのです。僕はもっと成長したいのです。

生活の中の中の感覚

裾の長いズボンを履いて歩くような、そんな違和感を
生活の中からほじくりだして、僕は二つ折りになった
感情の矛先をテーブルの上に並ぶ晩ご飯みたく日常的
な部分に向けたりしてみるのだ。

空の吹き出物

めくるめく日々の失敗を、人間臭く生きている証だと割り切れるなら、僕は屋上からいくつだって紙飛行機を飛ばせますよ。

待機電力

携帯電話を充電するかのように僕の面持ちも静寂と共に充電できたなら、毎日毎日大きな声を出して訴えたり、体をひねって振り返ったりしなくてもいいのではないかと考えたりするのであった。

ジャストヒット

必要とされる縦、横、手前、奥行きのアンダーワールド。背中を人差し指で撫でられたんだ君に。そんな気がしたりしなかったりで、僕はヘトヘトになって今日はもう寝てしまいたい気分なのです。そんな僕をどうか見捨てないでください。

此のとき

時計はくるくる止まりません。だが、僕はいつも止まります。だから動いている間はせっかちに、せっかちになってしまうのです。手を叩いて大笑いして、腕で顔を覆って大泣きする日、それは僕が僕だとはっきりした夜明けだったりしたらいいなぁと思わずにはいられない。

時間感覚

君がいるのといないのとでは何かが大きく違ってくるのです。だけどその大きな違いさえ、氷のようにどんどん解けていって、いつか蒸発して雲になるのです。そして僕は傘を片手に次の雨を待ちながら、喜びや悲しみや涙や地団駄を繰り返し、なぜそうしていたかさえ忘れて、もうどうでもよくなるのです。あー先を読む能力がほしい。

生活と思惑

せっかく生きているのですから、僕はこの狭い部屋を飛び出し、空中に舞い上がってはひらひら落ちてくる落ち葉のような哀愁を我が物とし、この切迫した日常をもっと楽なふうにしてみたいのだった。

いいのかわるいのか

本音は隠すべきなのか、さらけ出すべきなのか、状況によるといいますが平均的にどうなのかそこを聞きたい。損得で生きて行く事ほど、僕にとってむなしいことはありません。絡めた糸と糸をほぐすみたいなそんな生活が僕にはたまらなく鬱屈するのです。

睡眠マスター

眠れ眠れ。目を閉じろ。明かりを忘れて闇に投じろ。そこから始まる何かがあって、そうやっていつも欲しがる感性やアイデンティティを空想して、生きて行くのも良いかもしれない。もうすぐわかるさ未来のことは。楽しくなるか解りませんけど。

壁の向こう

こうやって普通が普通じゃなくなって、その逆もあるのですが、その必然が僕にはたまらなく良いのです。生きているのです。もっと普通じゃないことを普通にして、分厚い壁を頭でぶち破ってやりたいのです。

ボクは

白黒の生活感。そのとき僕は喜びや悲しみや驚きや不安を単色にまとめてしまおうと必死に必死にもがくのでした。だからってそんなに簡単に大きな声をあげてもがき苦しむようなことはいたしません。

流れておしまい

電車の声が左から右へ。迎えに来た鉄の塊はせっかちに僕を招き入れては、慌ただしく咳き込むのです。あー早く帰って黄色い明かりの中であぐらをかいて、何かに思いを近づけて自己満足の宇宙遊泳を楽しみたいものだ。

空色

顔にうつる清閑が、水色の絵筆を洗った桶みたくはっきりと表れて、僕の生活の一部分までもそれに統一されている気がしないでもないのです。ですので、あれこれ考えるまでもなく僕は僕らしくいたくなくっても、そうしてしまう切なさや物思いと同じだ。

君との事

星が滑って線を引いたので、僕は見上げた首をそのままにして、湯気みたいな生活感が漂う部屋の窓際で徐に、ちょっと昔のこととか考えたりしたのだ。すると星の数ほど刻んできた君との話を、真剣に思い出そうと四苦八苦していたちょっと昔の事なんて、もう嘘のようなのです。

前進闊歩

僕の曲がり角。あの先に何があるか不安なのです。でも僕は、相変わらずざらざらと踵を引きずって、先へ先へ進んで行くだけなのです。高い塀は実は薄い壁、僕はそれを壊すんだ。

そうやって生きていくんだあの子を振りきって。

飛ぶ落ちる

間違いや正解が僕らの日常の連鎖です。自分の判定ではないその連鎖に殊に残念な想いになるのです。紙飛行機を飛ばして落ちるのを待つ子供のように、その瞬間をどうやって待つか、僕はそれに興味があるのだ。

しゅう色センチメンタル

悲しみが夕暮れで僕を待って、赤く腫れた雲の裏側に君を思い出して、時間が経つとはどういったことなのか切実に切迫するしかしようがないのです。この先に点々と丸まった感情のあめ玉が甘く続いていくのだと思うと、泣きたくなって、それからというもの時間が気になって気になって仕方がなくなったのです。

痕跡

キーキーうるさい人生のブレーキに、僕は油をたくさん塗って、もう止まれなくてもいいやと腹を括りそれすらエネルギーに変えようと思い始めたのです。

再開

立ち止まったら沼の中。引き出す足に絡み付く泥色の楽観です。山を駆け抜けて、絡まるばかりの棘ならまだ良いと、どうしてそう思えなかったのか。それは人間ですから仕方ないのか。壁の向こうはこの価値観の向こう側と同等だ。

爪と僕

酔って夜。誰かと話したくなって我慢して、結局爪を噛んで吐き出すだけです。僕と僕は仲が悪いのか、向かい合っては涙するだけ。それは無駄じゃないと言い聞かせては、爪切りを探す。

F

ロックスター

最終電車の窓際席で、手を振る僕の視線の先は栄光のロックスター達だ。初めから解っていたらどんなに楽だったか、この音楽的想像画。この先どこで止まるかは、せめて自分の意志で決めたいものだなぁ。かなしい僕のロックスター達よ。

大宰

体が揺れて止まらない音楽は、まるで車で通り過ぎる電柱のようで、慌てた僕の中をスパッと通り過ぎます。考えられない事、考えつかない事、そんなインターナショナルな世界の中で、生きていきたいなぁとそう思います。世界は広い、指さす先は雲の上。

またおいで呼んでいる。

ギターを触りたくなくなったり、音楽を聴きたくなくなったりします。けどしばらくするとまたギターを触りたくなったり、音楽を聴きたくなったりします。その繰り返し。

色んな事全てそれでいいと思う。それだけで今は生きて行けます。

飛び交う

僕はあの時に帰りたい。時々思い出す複雑な枯れ枝の折り重なりみたいな感情を、布団の中で押し殺している間に朝になるのでした。それはまるでjazzのようです。

実際

一日二十四時間。どう使うかそれは人次第。だけど、例えばダフトパンクジェネレーション達がみんな二十時間テクノで踊れば、いつしかそれが主流になる。そんな時代です。

音と気流

遠くで鳴っている小さな音に敏感に反応する。緑の騒めきや空の口笛を掻き分けて見つけた本質という細い音は、僕のちょっとした自信になったりするのです。山の先から空の雲へ、上がったり下がったり。そんな毎日です。

パレード

悲しみのパレードが頭の中を象と一緒に進んできます。侵食し拡大する悲しみのパレードは BPM120。心から頼れる仲間や家族の号令に聞く耳持たず荷物も持たず。

バランス

月と影は僕と音楽のようで、白黒な眼で見
上げているととても愛おしくなります。
もっと大きく近くで見たい。

話になりません

音楽の何たるかをリズムにノッテ話す人。僕は爪を噛んでそれを聞きましょう。

痛さ辛さ

頭痛は閃きの代償だと思い込んで、頭痛は世界の不安定さのためだと思い込んで、頭痛は気難しいあの子に優しくできなかったせいだと思い込んで、頭痛は広く考えられなかった僕の青春の代償だとしておくのが、闇雲に辛がるよりも音楽を楽しんでるっぽい。

ライト！　レフト！

左右飛び交う。スピーカーの見えない距離感に興奮し、デジタルエフェクトの成長が僕の成長だと勘違い。もっと奥へもっと奥へ。進めスィングして白いTシャツ着て。大きくなれない僕の精神の断片を、死ぬ間際には見えるのですか。

フリーダムダム

旅立つことは自由の端くれで、その先の空やら何やらで事は決る。
どうしても見えない一歩先の世界を義眼でも何でもいつかみてやるぜ。

為

面倒くさいと思ったその壁をぶち壊すと、きっと違う
自分が見えてくるはず。

境地

昼間の飲屋街をダラダラ歩いて、ビルとビルとの間の
影を何の気なしに覗きながらまた次のビルの隙間へ。
シャッターの閉まる音が左肩の後ろから聞こえます。
そんな歌を作りました。

ゴーする

何がしたいか。どうやって生きて行くか。切り取った芸術の切片を記憶するだけの日常。それらはどうでもいいこと。ムーブすれば変化する。ただ動けばリバーブみたくあとから術がついてくると僕は信じている。

感覚人間イチロー

物を売って生きていく人。無いものを売って生きていく人。僕の実状は前者でもあり後者でもあって、日々は数珠の玉みたく等間隔に並列されています。確かな事なんて何にもなく、複雑な事も一つもなく。だから難しく只ひたすら難儀だ、見えない物を売ろうとするのは。

イメージしたい

イメージして自分と違う人間を認めようと僕は必死です。そこに見いだせる事はきっと、大衆との切なる合致であり、それは音楽にも何にでも重要視されることなのだと思うのです。

僕はどんなことでも音楽に生かそうといつも必死です。

赤青緑

ごちゃごちゃした僕の頭の中は、何年も温められてきた画家のパレットのようです。絡み合っては離れる。繋がってはネジて切れる。飛び交う思惑の連鎖は、テクノのレギュラーポジションみたいだ。せっかちな僕の生活は、意外と細かく芯があったりするのだよ。

音とはなんですか

僕は音に囲まれていて、そこに居るからこその音に包まれているので別に普段は音に対して気を使わないのです。だけどそこにあるはずがない音がここにある事が面白いのデス僕は。想像以上の音に憧れます。

感謝

僕の闇は太陽より大きく雲よりも広いのです。それは8小節ループの螺旋階段を上るような永遠の繰り返しで、いつも僕の周りにはナイーブな青少年の粉臭い香りが漂っているようなのです。ギザギザの指先ノコギリで、僕の未来のドアに穴を開けようと必死になってくれた方々、本当にありがとうございました。

シムシステムズ

骨組み骨組み。高く組み上げて、仕組みを見て初めて知る。完成した姿しか知らない人、それ以上先を知れないので停滞する。謙虚に一途に骨組みを見てイメージし、研究し、時には飽きて離れてしまって、そして客観視できるようになる。それが理想。桃源郷。

アップする

思っていたとおりにならない事が普通なのですが、思っているレベルを下げて、思っていたとおりにするのだけは嫌だ。想像と結果の相互関係に僕はハラハラするのです。急な崖を転げ落ちるかのように攻めるのです。

ヘンドリックス

色と色が混ざって違う色になるみたいに、音も混ざって正確な音になってしまったなら、ジミヘンの魂みたいなブルースギターは単色のアクロバティックな墨絵に他ならないのです。

自由と不自由の境目が、本当の意味での自由なのかもしれないのです。

寂しさ

瓶に入ったペンが、頭を飛び出して僕の帰りを待っているのです。ですから僕は帰ってきたらすぐに様々なことを考え、紙やら壁やらにそれらを使って書き始めるのです。

傘の下

枯れた木の傘で僕は立ち止まって、流れ往く数々の光を眺めていたら、君は僕に色々なことを言ってくれました。空間を埋める音の詳細を必死に探る生活。それにともなう犠牲とか、僕はもう計算しなくてよくなって、実はとても感謝しているんだ。

執筆年一覧

二〇〇一年

愛すべき人よ／シンプル

二〇〇二年

話す理由／草の中／景色／扇子／再会／柿の木／ヒラヒラ／落葉／正義な漢／月の便り／回る回る／牧場人生／雫／イマジネーション／悟ると書いた／ハンダ鏝／カンガルー／猫三郎／木上の祈り／個性／沈黙／太陽／海道／WALK／哲学／夢／山道／悲しきカントリー／太陽のチカラ／都合いいや／道草

二〇〇三年

考えたい／春夏秋冬／月夜／行方／コタンコロクル／北の方角／胡桃／星一つ／善し悪し／理想クラゲ／仁王／絵皿／張りぼて／野鳥のように／リアリティー／キャッチ／アメニモマケソウ／歩く度／背競べ／ライトライト／パス／誉れ／すまん／運と知恵／山、波／リラックス／朝六時の又三郎／誘惑／指さし郎／最終電車／ロックスター／大宰

二〇〇四年

信じる信じない／駆け出し／自然回帰／帰っておいで／秋服／安らぎ／酷く短編であり途中。／猫と僕／初めに／ウオノメ／僕は影／ピュー／精神／幼き頃の空想の現実化／歳月／直線と先々／鳥／みかんと猫／新聞で十分／日本の中身／雲も／手／人生グローバル化／変わること／幸福と不幸／理想と社会人／スリープ／切り抜きアース／残／あの日々／ハイライン／太陽と日常と鎖／追いつけ追い越せないけど／遅れまして／大人／コミューン／三振／箱／持論／種二種類／ビニールこころ／スラッシュ／静かな集中／スペースブレーン／カラフルヒューマン／行為と後悔／回路／主観性／何か／アートワーク／頭／一人風／最終駅／外の塀／どこの壁／タイム／始まりと終わり／つながり／始めること／可能性／ルーツ／もう片っぽ／ユージュアリー／矛盾／本当の事は／隙間を狙う／察知／不安定／フェイク／またおいで呼んでいる。／飛び交う／実際／音と気流／パレード／バランス／話になりません／痛さ辛さ／ライト！　レフト！／フリーダムダム／為／境地／ゴーする／感覚人間イチロー

二〇〇五年

月路／せっかち／聞いてみました／青春の橋／泡／ネジでとめる／季節／僕は起こす／現状維持は嫌い／フルート／コントロール／雨音の背格好／後ろ髪／後悔と積年／汚染／動物／善意鳥／知らなくていい事を知らずにいること（1）～（5）／蝉／日々の脱却／拝啓哲学／ナンセンス／防波堤ノナミ／選択する僕／バックバック／ライス／短縮したら／ダウン／シャットアウト／遊びの延長／どっちかというと／ガラス張りになってしまった／ゲーム／明かりという何かです／馬鹿者一路／切断／毛糸の結び目／アンサーアンサー／ステップのなんたるか／たのしかなし／真っ黒い穴／タイムス／マグマのような／反復／闇の／シャドー／涼みの台／考える僕の胸中／声／霧／眠りまで／本質を見ぬく目／接触／体と心と頭痛／

簡単探検／水準／カー／鍋／夜の大声／間違ってないと思いたい／僕の扉／ループ／切迫／視覚四角／水平／分析だらけ／焦りと思惑／アレコレ／生活の中の中の感覚／空の吹き出物／待機電力／ジャストヒット／此のとき／時間感覚／生活と思惑／いいのかわるいのか／睡眠マスター／壁の向こう／ボクは／流れておしまい／空色／君との事／前進闊歩／飛ぶ落ちる／しゅう色センチメンタル／痕跡／再開／イメージしたい／赤青緑／音とはなんですか／感謝／シムシステムズ／アップする／ヘンドリックス／寂しさ／傘の下

二〇〇六年

嘘中毒／爪と僕

ことば２――僕自身の訓練のためのノート

2024年4月17日　第1刷発行

著者　山口一郎

発行者　清水一人
発行所　青土社
〒101-0051　東京都千代田区神田神保町1-29　市瀬ビル
電話　03-3291-9831（編集部）　03-3294-7829（営業部）
振替　00190-7-192955

装丁　葛西 薫　安達祐貴
協力　中島佑介

印刷・製本　双文社印刷

ISBN978-4-7917-7625-2　C0073
Printed in Japan